JN064012

梵字石碑に
ザリガニ

崎浜 慎

梵字碑にザリガニ

装丁　依田正樹

1

読んでいた本を伏せて、ソファから体を起こし窓の外を見る。

アパート一階の彼の部屋にはバルコニーが付いていて、白いスチール製の網状フェンスに囲われている。隣に空き地なのか畑なのかよくわからない土地があり、長い間人手が入っていないのでアワユキセンダングサの白い花が一面に繁茂している。空き地の向こうに家が二軒並んでいるがいずれも平屋なのでよく晴れた青空をさえぎることはない。周囲には緑を茂らせた樹々がつづき、その間にポツポツと民家の屋根が見える。

この風景を抱え込むようにして南から西にかけて濃い緑の山が連なっている。遠いのだがやけに近く見える。なだらかな稜線は空にやわらかく溶け込んでいる。もう何年も見慣れた光景であるにもかかわらず、梅雨が明けたばかりだからなのか、真新しく彼の目に迫ってくる。

暑さが本格的にやってくることを告げるセミがあちこちで鳴きはじめている。このところ雨に降りこめられていたこともあって、彼は家族ごとアパートのこの一室に閉じ込められているような思いにとらわれることがあった。

こんなに風景が開けているとどこまでも行ける気になってくる。ちょっとそこまでというつもりで足を延ばせば、あの緑の山の麓まで簡単に行き着いてしまうのではないか。

天気がいいから散歩にでも行こうかと、彼は向かいの部屋の畳にペタンと尻をつけて座っている息子の小さな背中に声をかけようとした。しかし、亀の甲羅をふたつ重ねたような防音イヤーマフをしている息子の耳には届かないのだと気づくと、はやる気持ちが急にしぼんだ。息子は平気な顔をしているが、耳当てが黒いスポンジで覆われている防音イヤーマフは暑苦しくないのだろうか。そろそろクーラーをつけないと耐えられない季節がまた巡ってくる。

息子は小さいころからむやみに雷の音を怖がっていたが、彼には長い間その理由が理解できなかった。ただの怖がりにすぎないと思っていたのだ。事に集中するときはいつも防音イヤーマフをしている。その姿が航空機のパイロットに見えなくもない。

　息子は背中を丸めて将棋盤の上で駒を振っている。

　このところ、将棋教室にも通うほど熱中している。小学校にも行かず、家の中でテレビを見ているだけだった息子がとにもかくにも打ち込めるものを見つけたことに彼と妻は安堵した。しかし、今度は朝から夜まで将棋盤だけを相手にしている息子を見るとまた不安になってくるのだった。

　せめて趣味ぐらい持ったほうがいいという彼の考えから将棋を教えたのだったが、息子はすぐに没頭し、いまでは彼など足元にも及ばないぐらいの腕前だ。将棋教室の先生も息子の上達には驚いている。当初は十四級だったのが半年で初段にまで進級した。それは息子の才能だというよりも、物事にこだわる特性がもたらしたものだと彼は考え、素直にはよろこべないところがある。

　いま息子は将棋盤に向かってはいるが、将棋をしているわけではない。彼は立ち上がって近づき、熱中している息子のうしろから覗き見た。金の駒ひとつ、玉の駒ひとつが盤の上に置いてあり、四個の駒を両のてのひらに包んで盤の上に振る。表か裏かで金や玉の駒を反時計回りに進めていく。どうやら息子の頭の中では複雑な計算が行われているらしく、駒は一歩進んだりいきなり四歩進んだり、彼には予測もつかない動きを見せた。

見ているうちに彼は、この双六に終わりのないことに気づいた。金や玉は、盤を一周しても次の周に入り、延々と回りつづける。

「オトウ」

しばらくして息子が呼びかけてきた。うん？と顔を上げると、将棋の双六は終わったようだ。将棋盤に見入ったまま息子は防音イヤーマフをはずした。

「将棋って不思議なものなんだよ。オトウにはわからないだろうけど」

「なんだ、それ」

思わず彼は口にした。澄ました顔で大人じみたことを息子は言うときがある。

「こういうふうにしてね」と駒をいくつか並べる。「普通だったら、桂で王手をかけるでしょ。でもそれをやると詰まないから、ここで飛車を取ったらだめなんだ」

まったくわからないが、彼は感心したふりをして聞いている。しかし息子はこの芝居を見抜いていて話を途中で切り上げる。

「まあ、オトウの実力だったら、しょうがないね」

オトウは十級だと勝手に将棋の腕前をランク付けされている。

これをいい機会だと彼は思い、息子にあらためて声をかける。

「ガクト、天気もいいし、散歩にでも行くか」

とたんに息子は気色ばんだ。

「いやだね。オトウ知らないの。この時期の紫外線は強いんだよ。A波とB波があってね。B波がやばいんだ。いきなり外に出たらやられるよ。A波だってね、B波ほど有害ではないけど、ずっと浴びると細胞が傷つくんだぜ」

おおかたテレビの受け売りだろうが、ここまで自分の知識にする吸収力には感心させられる。息子が外出しないのはなにも紫外線のせいばかりではない。彼は息子に調子を合わせて、外出しようという提案をおさめた。


息子は家で暇を持て余しているように彼には見えた。それでたまたま持っていた本を息子に貸し与えたところ、すぐに読み終えてしまった。

「え？　もう読んだのか」

内容を尋ねると息子はすらすらと返答する。それから彼は地元の図書館や彼が勤める大学の図書館で本を借りてきては息子に読ませた。いったい息子はどこまで読めるのか、だんだんと楽しみになってくる。まずはダレン・シャンからはじめた。簡単に読んでいく。それではロアルド・ダールはどうか。一日一冊のペースで読み終えた。「ゲド戦記」は彼も小学生のころ親しんだことのある本だ。それを勧めると一週間もかからず全シリーズを読み上げた。上橋菜穂子の「守り人」シリーズはどうか。アーサー・ランサムは……。ついには司馬遼太郎まで読み出したから彼はこわくなってきた。切りがないと思ったのだ。「言語能力が平均値よりもかなり高い」と診断の所見にあったが、このことだったのかと彼は初めて得心した。しかし、息子の「言語能力」が発揮されるのは、日常の何気ない振る舞いの中ではないかと彼は思っている。腕をテーブルの角にぶつけたときに「打撲したボク」とつぶやき、くしゃみをしたときに「病院に行って鼻炎になった」とひと息おいて、「ビエーン」と泣いたふりをする。そういう駄洒落がどんどん出てくる。彼が笑い出すと、息子はなぜ笑われるのか理解できないというように不審の目で彼を見やる。

　息子は少なくとも本を読んでいる間はおとなしかったから、彼としては楽であった。テレビのニュースを見ている彼のそばでソファにもたれて本に読みふける。首を急角度に曲げているので、細い首で大きな頭を支える姿勢が気になるが、声をかけて邪魔はしたくない。正午のニュースを知らせる音楽が始まると、息子は本から目を離さずに、こんにちは、正午のニュースです、とアナウンサーよりも先に挨拶をする。それがそっくりなので彼は感心する。

息子の物真似に、彼や妻はだいぶ心が軽くなる。

ふだんから、息子が将棋を指していたり、ゲームで遊んでいたりしている間にもラジオを流しているのだが、コマーシャルになると間髪をいれず決め台詞をともに口にする。声のトーンや音程の完璧さに彼は耳を引き寄せられる。

午後、息子は井伏鱒二の「山椒魚」を読み出した。彼は感想が聞きたくて、息子が文庫本を閉じるとすぐに訊ねた。

「どうだった。単純な話に見えるけど、内容は意外と難しいだろう?」

「そんなこと、ございません」とドラマの奥様ふうに鼻から抜ける甲高い声を発する。物真似はどこまで本気でどこからが冗談なのかとらえにくいところはあるが、息子の中にそんな区別はないのかもしれない。

「お父さんが初めて読んだときは中学生だったと思うけど難しかったなあ」

彼が言うと、とたんに息子は口調を変えた。

「オトウ、こんなの楽勝だよ」

「そうか。今回久しぶりに読み返してみて、初めて山椒魚の気持ちがわかったような気がするよ」

ひとりだけ長生きするしかない山椒魚の寂しさ。喧嘩相手の蛙との間にふと生まれるつながり——と彼はつづけようとしたが、息子はそれをさえぎり簡単に要点をついてくる。

「山椒魚なんて要するにおれみたいなものじゃないか。岩屋に閉じ込められて出られないのは山椒魚だけじゃないよ」

ちょうど帰宅した娘が息子の勉強机のそばを通るときにランドセルを引っかけた。積んでいた将棋の教本が落ちた。とたんに息子はパニックにおちいって大声を出す。教本を机の縁に沿ってきれいに置くのが息子の癖で、それが少しでもずれることに我慢がならない。ましてや、机の上から落とすとなると許されるものではないのである。

小学三年生にしては息子の暴れ方は尋常ではない。彼も妻も怒り狂った息子には手をつけかねる。山椒魚の孤独もなにもあったものではない。

自ら地雷を踏んだのに気づいた娘はとっさに身をすくめ、弟の攻撃に備えて部屋の隅に座り込み耳を覆った。

　アパート中に響くだろう息子の甲高い怒鳴り声が炸裂する。

「このバカッー！」

　娘に怒っているというよりも、どうにも抑えようのない衝動を声に出すことでなんとか凌いでいるのではないか、と彼は考えるようにしているが、鼓膜をぴりぴりと震わせる大音声に耐えられないことに変わりはない。口のきき方がなっていないと叱るとよけいに興奮して暴れ出す。最近では、言葉遣いを注意することもなくなった。

　台所にいた妻が飛んでくる。息子を押さえようとするとさらに抵抗が増す。妻の手をすり抜け、娘の方へ駆け寄って蹴りつけた。

　彼はあわてて止めに入る。しかし、息子はその手を振り払ってなおも姉を蹴ろうとする。うしろから羽交い締めにしてやっとのことで押さえつけるが、どこからそんな力が出てくるのか、大人の彼も引きずられるくらいだった。息子は首すじに血管を浮き立てて怒鳴りちらす。娘はこわがって泣きながら寝室に逃げ込む。

　興奮した息子は泣き出した。よほど悔しいのか、肩をひくひくさせて声は出さずに、白目を剝きだして大粒の涙を落としている。あんなことしちゃいけないだろ、と彼が声を荒げて注意すると、息子は、うるせえ！と叫んで浴室に閉じこもった。

　息子を中心に家族は回っている。回らされている、と言うべきか。先ほどまでの穏やかな雰囲気は霧消した。

　妻は騒ぎを近隣に聞かれないよういつのまにか窓を閉めていた。ただでさえ蒸し暑い部屋の中が、窓を閉めるといちだんと暑さを増し、息苦しくなる。

2

　息子が学校を休みがちになったとき、彼は怠けているのだと思い叱りつけた。それでも息子は口をへの字に結んで拒否の意思表示をする。いつもなら減らず口をたたく息子が無言を貫いて意固地な態度を示すので、いかに説得して登校させるかが彼と妻の毎朝の悩みになった。

　妻は担任教員に教室での息子の様子について訊ねたことがあった。すると意外なことに、息子は勉強熱心で、意見発表も積極的にするし、休み時間は友達と仲良く遊んでいるのだという。模範的な生徒ですと担任教員が言うので、妻は居心地が悪くなってきた。ある朝、息子が真剣な顔で、クラスの生徒たちの話し声が授業中も耳の中で鳴り響いて頭が痛くなる、と言う。さらには、友達が自分の悪口を言っているのまで聞こえるのだ――。彼と妻は顔を見合わせた。

妻は嫌がる息子をなだめて病院に連れていった。その夜、子供たちが寝付いてから妻は居間のテーブルで涙を流していた。彼はとっさに寝室に姿を隠した。妻から息子の本当の姿を告げられるのがこわかった。

何度か息子を病院に連れていってから、妻はもらってきた診断書を彼に見せた。長いカタカナの症状名は初めて聞くものでいまいちピンとこなかったが、その中に混じる「自閉」という文字は目に直接飛び込んできた。

「お医者さんは軽度だと言っているの」と妻はそれだけが不幸中の幸いだとでもいうように強調して言った。「ふだんの生活を送るうえで差し支えはないし、トレーニング次第では、ふつうの人と同じように社会人として働けるだろうって」

「ぼくらは、どうすればいいんだろう」

情けないがこれが彼の本音だった。ただでさえ、手に負えない息子がこのまま大きくなっていくとどうなるのかという不安があった。

「しっかり見守ることが大切だと言っていたわ。とにかく叱りつけたりしないで、子供の立場から理解してほしいって」

「言うのは簡単だけどね。ぼくらはそれで苦労してきたんだから」

「そんなこと言わないで」

妻の声が湿り気をおびてきた。


いかにして息子を外に連れ出すか。放っておくと息子はいつまでも部屋に閉じこもったままだ。人と接しないのは、息子の自閉的な傾向を助長するだけではないか。

将棋ばかりをしている息子を見ながら、彼と妻は特別支援学級であれば息子も学校に通うのではないかと相談した。

そしてある日、担任教員との面談のために妻は息子を学校に連れていった。夜、妻はその日一日の報告をする。

ゲームでもしているみたいで笑い出したくなった、という。

妻は歩いて子供たちと学校に行った。学校が近づくにつれ息子の足取りは遅くなる。ついには立ち止まり、妻が手を引いても動こうとしない。どうしたの?と訊いても息子は顔をしかめてみせるだけで返事もしない。妻と息子の間に無言のかけひきが始まる。そうして足が止まるのを嫌がる娘は、遅刻を心配してひとり先に歩いていく。

無理に腕を引くと息子はやがて歩きはじめるが、しずかな怒りが握っている手を通して伝わってきたという。

校門まで来ると息子は母親の手を振り払って先に校内に入っていく。その日息子はずっと廊下にいて担任教員と話をすることはなかった。

わたしはガクトのことを心配しすぎだろうか、と妻は訊ねる。彼はどうかなと曖昧にこたえた。

来週、息子と話をしたいから、自分だけで登校させてくれないかと担任教員に言われたという。少し、親離れが必要かもしれません。

たしかに息子はやたら妻に甘えて、妻が外出するときにもひとりで留守番ができない。おかげで、当初一年だった妻の特別休暇も無期限の休職になっている。いつ仕事に復帰できるのかめどがつかず、家にいて子供に付き切りの状態に妻は疲弊している。

来週はちょうど一日を使って運動会の練習をする。生徒たちは授業もなく校舎にいないから、そのときを利用して登校させたらどうかという担任教員の提案だった。

妻はそろそろ我慢の限界にきているのかもしれない、と彼は危惧している。彼の実家に行ったときの父の言葉が強烈だった。息子の通院の話を聞いた父は、「で、治るのか？」と彼らに訊いてきた。「治るも、なにも……」と彼は思わず苦笑した。父に悪気はないことはわかっているが、妻を前にして言わなくてもいいではないか。さらには、「もっとひどい障害のある人は世の中にいくらでもいるのだから、おまえたちはまだマシだよ。あまり愚痴はこぼさないがいい」とまで言ってのけた。帰宅してから案の定、妻は落ち込んだ。息子だけはそういう会話が交わされたことを知らずに、ジイジからお小遣いをもらったとよろこんでいた。

彼は自分が息子を学校に連れていこうと妻に申し出た。出勤する際に途中で学校近くに降ろすつもりだ。

「ぼくの言うことなら聞くだろう」

しかし、その見通しは甘かった。小学校近くのコンビニの駐車場に車を止めても息子は降りない。「どうしたんだい？」と訊いても三白眼でにらみつけるだけで返事をしない。

「お父さんは仕事に行かないといけないから、そんなに待てないよ」

息子が動かなかったので彼は焦ってきた。しかたなく外に出て車を回り、後部座席のドアから息子の腕を引っ張った。力強く抵抗してくるので、思い切り引っ張らなくてはならなかった。無言の争いのさなか、息子は突然さからうのをやめて、するりと車から出た。

「自分で歩いていくんだよ」

息子は目を合わせない。完全に無表情だ。

彼は励ますつもりで、いつものやりとりをはじめた。

「ガクト、おまえの名前の意味は知っているよね？　謙虚に学ぶ人になるようにという思いを込めてつけたんだ」

ふだんなら、息子は悪ぶってこたえる。

「違う。おれの名前はガクットだよ。いつもオトウたちをガクッとさせているからね」

初めて息子の口からそれを聞いたときにはハッとして、笑い飛ばすこともできなかった。しかし、いまではそれがふたりの挨拶のようなものになっている。

いつもの反応を期待したが、息子は黙ったままである。

息子を置き去りにして、彼は発車した。自分のやったことに彼は興奮していた。しばらく車を走らせてから彼は急にUターンして引き返した。

息子はコンビニ近くの建物の陰に身を寄せて通りの様子をうかがっている。彼の車が駐車場に入ってきたのには気づかなかった。

登校する生徒たちが右からも左からも歩いてくる。息子はその波が途切れるのを待ち、通学路を小学校とは反対の方向に行こうとしている。家に帰るつもりなのだ。

学校になんて毎日行かなくてもいい、たまには怠けちゃいなよ、と彼は娘と息子に常々言っていた。娘がたまに学校に対する不満を洩らすことがあったからだ。宿題をやってこないと放課後にトイレの掃除をさせられるとか、給食を残してはならず、食べ終わるまで先生に見張られているとか——。監獄と同じだ、と彼は背中がむずがゆくなる。

管理されるのが当たり前だと子供のほうから思ってほしくない。だから不登校をなかば本気ですすめるのだったが、娘は「だって、みんな学校に行ってるんだもの」と反逆のそぶりも見せないのだった。

息子だけが彼のそそのかしを真に受けて忠実に実践しているのだと言えるが、実際にそれを目の当たりにすると、彼は動揺した。他の生徒と違うのがこんなにも不安をもたらすものなのか。

それにしても息子の背中のなんと小さいことか。息子の背中に黒いランドセルは大きすぎる。

　彼は車を降りて、息子に近づいた。息子は彼の顔を見るとあきらめたようにからだの力をぬいた――。

　人けのない学校とはこんなに暗い建物だったのだろうか。彼は階段を上りながら、そう思っていた。上っているのに、まるで日の当たらない地中へ下りていくようだ。やけに長く暗い階段を不安に思いながら、彼は息子とともに上った。職員室は窓から射し込んでくる光で明るかった。急に視界がひらけた。窓の外には眼下に運動場が見えた。たくさんの生徒が集まって整列している。

　三十代ぐらいの男性の担任教員は、気さくに息子の肩に手をかけて挨拶をした。息子はからだに触られるのが嫌なはずなのに、とくに拒否せず挨拶を返す。

「まずは、毎日午前中だけ、学校に慣れるためにも、職員室でいっしょに宿題をしてみましょう」

　彼はお願いします、と頭を下げた。息子は彼らに背中を向けて窓の外を見ている。

　息子を担任教員にあずけて校外に出たときはホッとした。彼は学校の中でずっと息を凝らしていたことに気づいた。

仕事は休むつもりだった。妻に電話をかけた。最後まで息子と付き合うつもりだ。これを機に通学を再開してくれたら言うことはない。

近くの公園をゆっくりと歩いた。濃淡に輝く樹々の緑が鮮やかだった。芝生にはシロツメクサが絨毯を敷き詰めたように咲いている。紋白蝶が数匹その上を飛んでいて、花片がそのまま舞っているのではないかと一瞬見間違えた。ベンチに腰をおろして目を閉じる。久しぶりにひとりになれた気がする。陽光の温かさが瞼の裏にまで染み入るようで眠気を誘われた。

学校に近づくにつれにぎわいが伝わってきた。運動場では生徒たちがリレーの練習をしたり、ダンスの練習をしたりしている。子供たちのはしゃぐ声がふくらんで空まで届くようだった。彼は金網のそばに立ってしばらく眺めていた。本当だったらガクトもここにいたのに、と声に出してつぶやいた。付近の住民だろうか、老夫婦が道の角に立って彼を見ているのに気づき、彼はそそくさと金網から離れた。

職員室で息子は入口に背中を向けて座っている。机の上にひろげたノートに書き込みをしていた。担任教員は彼に目礼をして、息子に目をやってうなずいた。うまくやっている、ということらしい。

息子は彼が入ってきても顔を上げなかった。

「ガクト君、また明日もここで勉強しよう。できれば、ひとりで登校するように頑張ってみよう」

息子はうなずく。彼は息子の顔がわずか数時間の間に、かなり青白くなっているのに驚いた。

特別支援学級のことはまた後日あらためて相談しましょう、と担任教員は彼にささやいた。

帰りの車の中でも息子は無言だった。明日はどうしようかと訊ねようとしたが、息子のこわばった顔を見ると言葉が出てこない。家の中で自由奔放に振る舞う息子を毎日見ているだけに、しおれて生気を失っているその姿は彼に思わぬ衝撃を与えた。

学校での結果を心待ちにしていた妻は、息子の顔を見たとたん笑顔を引っ込めた。息子はそのまま浴室に閉じこもる。

「もう学校には行かないかもしれないな」

彼はそう口にして、自分が妻を打ちのめすようなことを言ったとすぐに気づいたが手遅れだった。

3

午前中、彼はソファに寝ころび、音楽を聴きながら本を読む。このところアパートの狭いバルコニーに雀やハト、イソヒヨドリなどが降り立つようになった。花壇をちょこまかと動き回り餌を探して、求めるものがないとすぐに飛び立っていく。

視界の隅に影を感じると彼は起き上がって、鳥を探す。鳥の動きは見ていてあきなかった。餌を探すための首振りの速さには目をひきつけるものがある。雀が両脚でピョンピョンと跳びながら歩くのはかわいらしい。

息子にも教えてあげようと声をかけようとしたが、防音イヤーマフを装着して将棋の本に読みふけっている。

息子が学校に行かなくなって三ヵ月になる。学校に通っているならいまは夏休み中だが、息子の場合は自主的に無期限の休みを取っているようなものだろうか。

妻は買い物に出ている。彼はきのう職場でコピーした資料を取り出して、息子の肩に手をかけた。

「面白い記事を見つけてきたよ」

息子に読んで聞かせる。梵字の碑が沖縄県内に約四十ヵ所あるという内容の記事だ。

「それで、ここを読んでほしいんだけど」

彼は黄色の蛍光マーカーで印をつけた部分を指さす。

「なんと、ぼくらが住んでいるこの村には、そのうち十一があるんだ。すごくないか？」

この記事を見つけたとき、最近はまったく外に出ない息子を連れ出す口実になるのではないかと彼はとっさにひらめいた。この前息子はテレビでインドの梵字についての番組を見たばかりだ。やけに感心して見ていたのだから、梵字碑が沖縄にもあるという記事には惹かれるはずだという確信があった。

「沖縄には四百年前に伝わってきたらしい。誰がつくったのかわからないけど、不思議だよね」

息子はふうんと感心して記事を読んでいる。

記事中の写真には、茶色がかった小さな碑が草に埋もれるようにして写っている。

「それでさ、夏休みの自由研究でやってみたらどうかと思うんだ」

とたんに息子の機嫌が悪くなる。妻は学校とのつながりを絶やさないために、毎日の宿題を近所の子に届けさせるよう担任に頼んでいる。机の上には手をつけられていないプリントの束が積み重なっている。

夏休みに入り、宿題の束が届いた。それもうっすらと埃にまみれてきたランドセルの中に入っている。

「学校に行けってのか」

とたんに息子の口調が乱暴になる。彼はあわてて付け加えた。

「お姉ちゃんもいっしょにやると思うよ。みんなで散歩のついでに回ってみよう」

息子は記事の写真をしげしげと眺める。

「これが何百年も前に建てられたの？」

「そう」

「誰が、なんのために？」

「それはわからない。そこも調べられたらいいね」

「姉ちゃん行くかなあ」。それから突如、感極まったように付け加えた。「悠久だねえ」。

彼は思わず笑ってしまった。以前に見たテレビドラマの台詞だった。

結局のところ、姉のことが好きなのだ、と思う。昨夜も大喧嘩したにもかかわらず。きょうだい喧嘩はいつもささいなことから起こる。昨夜は、妻が買ってきたお菓子を姉が多めに取ったと息子が言いがかりをつけたことから始まった。平等じゃないと不平を言い、姉から奪い取ろうとする。そんなことをされたら姉も黙っていない。

「おまえはケチだなあ。こんな欲張りな小学生はいないよ」

このやろ！と息子は甲高い叫び声を上げ、ふたりで揉み合いになる。見かねた妻が割って入ると、興奮した息子は大声で悪態をつく。もう周りは目に入っていない。なかば白目になっていて、彼には息子が動物のように見えた。

姉に飛びかかろうとする息子を抱きかかえた。するりと息子は彼の腕をすり抜けて、流しに置いてある包丁を手にした。

「死んでやる！」

自分の胸元に包丁の先を当てる。彼は息を呑んで動けなかった。妻が泣き出す。

「おれなんか、死ねばいいんだろ、死んでやる！」

彼は隙をついて息子の腕をひねり上げ、包丁を取り上げた。息子は意味不明の叫び声を上げながら浴室に駆け込む。鍵をかければ誰も入れないから、浴室は息子の避難所になっている。

彼は耳鳴りをおぼえる。怒りと共鳴するように耳の奥で潮が寄せては引いていく。たかがお菓子ひとつのことで家庭がぐらつき、挙句の果てには包丁まで持ち出す騒ぎになる。息子の猿芝居だとわかっていても、彼も妻も巻き込まれてしまう。

息子はこれといった理由もなく突然怒り出す。筋道たてて説得しようとしていた妻もある時期から、怒鳴り声を出すようになった。たしかにそれしか対応のしようがないのかもしれない。まともに息子に話をしようとしても通じず、しまいに、こちらの気持ちがささくれだってくる。

浴室にこもる息子と言い争う妻の怒鳴り声が響いてくる。彼はソファに寝ころび天井を見上げる。そのうち頭がぼんやりしてきて、息子と妻の声が遠のいていく。彼なりの現実逃避の方法だと自分でもわかっている。

子供なんだからいくらなんでも本気で怒鳴ることはないだろうと妻をたしなめることもあったが、すると矛先が彼に向かってきて今度は夫婦間の諍いになるので、近ごろは口を差しはさまないことにしている。

娘が部屋の隅に立っている。

「もう家を出たい……」と彼にしか聞こえない声でつぶやく。彼はハッとしてソファの上で半身を起こした。娘は目を閉じからだを縮こまらせて、いまにも押しつぶしてきそうな重さにあらがっている。このような争いを毎日のように繰り返して、誰かが倒れるまでこれがつづくのだろうか、と考えると彼は叫び出したい衝動に駆られる。

土曜日の朝、すでに日射しがきつい。彼は麦わら帽子をかぶり、サングラスをかけた。妻と娘は日焼け止めクリームを腕や首筋に塗り合っている。帽子をかぶるように言っても、息子は首を横に振って頑なに拒む。有害な紫外線のことはもう忘れているようだ。

外の光の下では、息子の肌の白さが際立つ。青い血管が頬に浮き出て見える。いかにも繊細という感じで、家の中で怒り騒ぐ様がまったく想像できない。

梵字碑は歩いて十分ほどの距離にある。こんな間近にあるのがにわかには信じられない。考えてみると、この集落に住んで長いのに周辺の路地を歩いた記憶がない。いつも都市部にある職場と自宅を車で往復しているだけだった。

静かな路地に四人の足音が響く。そのなかで他とずれたリズムで歩を進める息子の足音が彼の耳についた。

「オトウは、きょうも仕事休みなの?」

娘が訊いてくる。彼は大学に勤めていて、以前の仕事にくらべると時間のゆとりがだいぶある。

彼の大学での仕事を子供たちに何度説明しても理解してもらえない。教員でもなければ事務職員でもない、その中間のようなものだ。学生のレポート作成の相談員をしていて、週に三日だけ通っている。

よくソファに寝ころんで本を読んでいるので、娘や息子には父親が怠けているように見えるらしい。

「オトウ、大人が毎日仕事に行かなくていいのか」

息子は自分の不登校を棚に上げて言う。

「うん。前の会社では働きすぎたからね。最低限、稼げる仕事をして、あとは自分の好きなことをするのがお父さんには合っているみたいだ」

息子は疑い深い目で彼を見る。

「オトウが働かないと、おれたちご飯とか食べられなくなるんじゃない? オカアも忙しいんだから」

おまえのせいでオカアも苦労しているんだよ、と娘が嫌みを言い出すと予想して彼は目で娘を制した。

そうか、息子は生活費のことを心配しているのか、と彼は目のさめる思いだった。彼は前の会社を退職するまで毎日深夜まで働いていた。そのときにくらべれば収入はだいぶ減ったが、いまの給与でなんとかやり繰りして自由に過ごせる時間を満喫している。結果として息子と過ごす時間も増えたわけだから、これで良かったのだと思っていた。しかし息子の目にはそう映らないらしい。

娘にはあらかじめ、息子を外に出すために梵字碑巡りをするのだ、と伝えていた。なんでわたしが、といつもなら不満をつぶやく娘も、このときは年長者らしく賢しげにうなずいた。遊び盛りの娘である。近ごろは中学生向けのファッション雑誌を朝から夕方までずっと読み、週末には友達とショッピングモールに出かける。

しずまり返った路地をしばらく歩くと、鬱蒼とした森の入口に梵字碑が建っているのが見えてきた。立派なセメント造りの台座にのっている碑は彼の身長よりも高く、堂々としたものだ。地元の教育委員会による説明板も見上げなくては読めない。

デジタルカメラで碑と説明板の写真を撮る。娘と息子はどうしていいかわからず突っ立っている。

実のところ彼は梵字碑がこんなに立派なものだとは思っていなかった。記事の写真で見た、野原の草に埋もれていた碑は小さく頼りなげだった。だからこそ惹かれたのではなかったか。のたくっている梵字を手帳に書き写しながら、いまいちしっくりこない。妻は手持ち無沙汰にあたりの樹木を眺めている。

梵字碑が建っている敷地の隣は一段くぼんだ土地になっていて、木立の中に溜池が見える。梵字碑よりも息子たちの興味はその溜池に惹かれていた。男の子がふたり、池にタコ糸を垂らしている。緑がかった水面には重たげな蕾をぽってりつけた蓮が浮き、その周りを藻が覆っていて、隙間には魚の影がゆらりと動くのが見える。

男の子たちがクイッとタコ糸を引き上げると泥色をしたザリガニが糸をはさんで上がってきた。娘と息子が近づいていくと、男の子たちは水色のバケツを見るようにうながした。彼もうしろから覗く。バケツの中にはザリガニが数匹うごめいている。

娘も息子も恐るおそる覗き込むだけで触ろうとはしない。からだにくらべて異様に大きく見えるハサミに指をやられそうで、彼にしても触れるのがためらわれた。

息子が物欲しそうに彼の顔を見る。外にいるとき息子は極端に無口でおとなしくなる。

彼は息子の無言の要求を察して、ザリガニを捕ってみようと思い立った。落ちている棒きれや草で池をかき回してみる。しかし、それでザリガニを釣れるわけでもない。

親切にも男の子たちがタコ糸を貸してくれる。さらに、捕り方まで教えてくれた。パンくずをタコ糸の先につけて池に垂らすのである。

彼はパンくずを分けてもらい意気揚々とタコ糸を投げ入れた。しかし、どういうわけか、まったくかかってくれない。隣の男の子たちは次々とザリガニを上げていく。焦る彼の背中に向けて息子は小さな声だが容赦なく、ヘタクソ、と浴びせかけてくる。彼はいらだち、ますます焦るが、どうにもならない。

「餌が悪いのかな」とつぶやくと、今度は娘が、でも同じ餌でしょ、とうんざりしたように言う。次第に険悪な雰囲気になっていく。

彼はふと思いついて隣で真剣な顔をして池を覗いている息子にタコ糸を渡した。息子は最初ためらって妻の顔をうかがったが、妻がうなずくと受け取り、タコ糸を見よう見まねで水面に垂らした。

「意外とむずかしいよ。辛抱強く待ったほうがいい」と彼が言い終えないうちに、タコ糸が水中から引かれた。息子のからだが彼の脇の下で硬くなるのが感じられる。思わず彼は息子の両肩を押さえ、いまだ、引っ張れ、と大声を上げた。釣りあげられた泥だらけのザリガニを土の上に置くと、妻と娘は歓声を上げながらザリガニを遠巻きに眺める。大人のてのひらぐらいの大きさがある。これが家なら、息子はいろいろ軽口もきくのだろうが、他に子供たちがいるので控えめだ。しかし、息子は目元をかすかに上気させて誇らしげな表情をしている。

男の子たちが帰り支度を始めたのでタコ糸を返す。子供たちは笑顔でお互いに手を振り合った。

息子はザリガニの入った空き缶を両手で捧げるようにして持って歩く。

家に戻って、庭の敷石の上でザリガニに水道水をかけて泥を落とすと、その下から鮮やかな赤色の甲羅があらわれた。ハサミは相変わらず威嚇的だが、よく見ると飛び出した黒い目玉は愛嬌がある。

子供たちはザリガニに夢中になった。敷石の上だからザリガニには逃げ場がない。木切れの先で突いてからかう。彼はハサミに注意するよう言って妻とふたり屋内に入った。まあ、でも

「梵字の研究のつもりが、いつのまにかザリガニ捕りにすり替わってしまった。まあ、でもこんなに興味があるなら、ザリガニ研究に切り替えてもいいかなあ」

「やっぱり外出してみるものね」と妻は言った。「ガクトがあんなに楽しそうにしているのは久しぶりに見た気がする」

庭から喚き声が聞こえた。ふたりが言い争っている。娘がザリガニはわたしのものだと言い出したのが喧嘩の始まりらしい。

息子は自分のものだとみなすと絶対に他人に譲らない。怒鳴り声と叫び声がぶつかり合い、聞いている彼の頭は痛くなってくる。いらだった息子がザリガニの入っている空き缶を思いきり放り投げた。フェンスを越えて隣の空き地に落ちる。

ああ、と思わず彼の喉からうめき声が洩れ出た。繁茂するアワユキセンダングサに埋もれてザリガニの姿はもう見えない。

その日の夕食後に息子が荒れた。娘がテレビを見る時間が長い、と言うのだ。しかし息子自身もその番組をいっしょに楽しんでいたのだから、これは単なる言いがかりだった。娘に絡もうとする息子を彼は注意した。すると息子は目を剝いて、ザリガニを探してこい、といきなり彼に命令した。彼にはまったく前後の脈絡がつかない。訝しく思いながらも、「探してこい、とはなんだ。人に向かってそんな口のききようがあるか！」と大きな声を出すと、息子は息を呑んだ。目におびえが走ったのを彼は見逃さなかった。息子は黙ったまま引き下がり、ひとり外に出た。

台所にいた妻が心配そうな顔をしている。「だいじょうぶだよ」と彼は言った。「どうせ遠くまでは行かない」

窓から息子がアパートを回って隣の空き地に入っていくのが見える。アワユキセンダングサの棘がズボンに付くのも構わず分け入った。夕日が息子の顔半分を赤黒く染めている。

「なにしてるんだよ?」

彼はアパートの窓から顔を覗かせて、冷ややかな声をつくって訊ねた。息子はそれを無視して草をかきわけている。ザリガニが見つからないだろうということは息子も承知しているはずだった。しかし、それでも探さなくてはいけないという思いに駆られているのかあたりを歩き回っている。妻がエプロンを外した。「手伝ってくる」と言い残してそのまま外に出た。娘がどうする?というふうに彼を見ているが、彼はこたえなかった。しばらくすると隣の空き地に妻の姿が見えた。息子とふたりでうつむいて草をかきわける。

次第に日が落ち、あたりは暗くなってくる。ふたりの姿が影になってきた。行かなければならないと思いながらも、彼は動くことができない。いつまでも窓際に立ちつくしていた。

4

ふたつ目の梵字碑は、彼らが住む集落の中にあるはずだった。あまり乗り気でない娘と息子に、妻は帰りにコンビニでアイスを買ってあげるからと約束する。

瓦屋根の民家が並んでいるこの集落には共同井戸や拝所があり、歴史的に価値のある文化財が多い。教育委員会発行の郷土史からコピーを取ってきた地図を頼りに探す。昼近くになると日射しがかなりきつく、路地には人けがまったくない。先を歩く息子の足元の影はくっきりと黒く短い。

地図と照らし合わせて、どう考えてもここしかないと断定したのは一軒の民家だった。四人は塀の外にたたずんで庭を見ていた。もう少しで見逃すところだったが、庭の隅に梵字碑らしきものがあった。鮮やかな赤紫の日日草が咲くなかに飴色の細粒砂岩が頭を出している。

形も大きさも木製のまな板に似ていて、それが地面から生え出したように立っている。

娘は、かわいい！と声を上げる。

見ているうちに不思議な気持ちになってくる。こんなところに何百年もひっそりと建っているのだ。碑に刻まれた梵字の意味を理解する人はいたのだろうか。ここに家が建てられたときに壊されなかったのがありがたい。

息子もこの梵字碑には興味を惹かれたようだ。じっと見ている。彼は息子に話しかけた。

「どうだ、すごいだろ。四百年前のものがこんなところにまだあるんだよ……」

息子は無言のままだ。だが、なにかが息子の気を奮い立たせたらしく、彼がデジタルカメラを構えると、息子は彼の手帳やバッグを持っていてくれた。

息子の機嫌がよくなった。鼻歌をうたっている。影響を受けて娘も冗談を飛ばしたりしている。

「この自由研究はすごいんじゃない。小学三年生でこんな研究している人いないと思うよ。わたしがやりたいくらいだな」

「お姉ちゃんは別の自由研究やったらいいよ。おれはこれで行くからさ」

すっかりその気になっている。彼は妻に目くばせした。これで息子が積極的に自ら事を始めるかもしれないと思うと、彼は不覚にも涙が出そうになった。

「やっぱり、おまえは学ぶことが好きなんだなあ。そういう願いを込めてガクトと名づけたんだよ」

また同じことを、と娘はうんざりした顔をしたが、息子は嬉々として応じる。

「おれの名前はガクットだよ。いつオトウたちをガクッとさせるかわからないぜ」

縁側に人影が見えたので彼はまごついた。顔を覗かせている老婦人にしかたなく目礼する。招かれるまま彼らは門から庭に入り縁側に腰をおろした。供された麦茶と黒砂糖を前にして、彼は自由研究のために集落内の梵字碑を巡っているのだと説明する。

ああ、そう、と老婦人はうなずく。老婦人がこの家に嫁に来たときから碑はあったという。とくに気に留めることもなく、長年の習慣として老婦人は手を合わせている。そういえば、むかし教育委員会の人が調査に来ていたことがあったが、なにをしているのか説明はなかった、と老婦人は思い出した。

彼が資料をもとに梵字碑の来歴を説明すると感心の溜息をついた。

「はあ、そうですか。そんなに歴史のあるものなんですか」

娘と息子はかしこまって座っている。老婦人は笑顔で何年生かと声をかける。

「小学六年生です」と娘は礼儀正しくこたえ、一拍遅れて息子は「小学三年生です」とこたえる。まあ、とてもお利巧な子供たち、と老婦人は黒砂糖をすすめる。息子は正座したまま足をくずさない。

「こんな小さいのに、歴史のお勉強をしてえらいわね」

息子は「はい」と歯切れよく生真面目に返事をした。知らない人の前では優等生をよそおう。

「この集落にはね、戦争中たくさん爆弾が落ちてきて、みんな逃げ惑ったのよ。集落の人たちもだいぶ亡くなったわ。この家は爆撃からまぬがれてね。だからあの碑も残ったのね」

息子と娘は真剣な表情で聞いている。しかし、七十年以上も前の話をどこまで身近な事柄としてとらえているのかは不明だ。妻は老婦人を見つめている。

「この集落が空襲を受けたとき」と老婦人は話した。「私たち家族は親戚たちと壕に逃げていたんだけど、いつか爆弾にやられるから避難しようということになってね。それで北と南に分かれたの。私は家族とはぐれてほかの親戚たちと北へ、家族は南へ逃げたんです。あのとき南に逃げた人たちはみんな爆弾でやられてね」

話がちがう方向へ行きそうだと懸念した彼は、近くから梵字碑の写真を撮ってもいいですかね、と老婦人に訊ねた。老婦人の目が初めて彼の目と合った。しかし視線は彼を通り越して遠くを見ているようだったので、彼は居心地が悪くなった。

「どうぞ撮ってください。そんなに歴史があるものと知らなかったものだから。戦争が終わって、この家に嫁いでからは毎朝、あの碑に手を合わせていたの。亡くなった父や母、弟や妹たちの分もね」

梵字碑の写真を撮らせてもらって、文字を手帳に書き写した。息子は碑に手を合わせる。その姿がいかにも自然で、そんな仕草をどこでおぼえたのだろうと彼は感心した。

陽の光を受けて飴色の梵字碑は表面が艶やかに見える。碑を真ん中に彼ら四人は黙ったまま立っている。他人から見ると、仲睦まじい親子が学校の自由研究を一生懸命にやっているように見えるのだろうなと思った。

娘は、自由研究が仕上がったらコピーを持ってきますね、と老婦人に調子のいいことを言って手を振った。

路地を歩いて家に向かいながら、彼はふと思いついて訊ねた。

「ガクト、さっきは梵字碑になにをお願いしていたんだい？」

「おばあちゃんが、毎日手を合わせていたっていう話をしたから、ガクトはそれにあやかったんじゃない」

娘が先取りして言う。きっとそうだろうと彼も思った。しかし、息子は意想外の返答をした。

「ガ、ガ、ガクトが長生きしませんように、と祈っていたんだ」

みんなが固まった。妻が息を呑む音が聞こえた。彼は安心させるように妻の腕にそっと触れた。このところ息子は、おれは長生きしたくない、ということをよく口にするようになった。それは一種のねじれた甘えだと彼は思っている。自分が本当に思っていることとは裏腹なことを言って相手の反応をうかがうのだ。

「でもさ、ガクト」と彼はおもむろに言った。「この前、子供の歯が抜けたときは、血が止まらなくて大騒ぎしていたじゃないか」

その出来事を思い出して娘と妻は笑い出す。息子も照れくさそうに笑っている。青ざめた息子はティッシュペーパーを何枚も口の中に入れて乳歯の抜けたあとを押さえ、妻にスマホで応急処置を早く調べてくれと大声を上げた。そのあわてようがおかしくて彼も妻も笑いをこらえながら検索した。死ぬのを誰よりも恐れているのだ。だから彼と妻は、息子の長生きしたくないという不吉な言葉を平然と聞き流さなくてはならないのだと思う。

不穏な空気が一掃されたところで、彼は言った。

「よし、この調子で明日は別の集落にある梵字碑だ」

しかし、翌日、彼が新しい梵字碑を探しにいこうと息子を誘うと、首を横に振って出かけようとしない。亀の甲羅をふたつ重ねたような防音イヤーマフを取り出して両耳を覆い、将棋盤に駒を並べはじめた。彼が防音イヤーマフに手をかけると、怒鳴り出したのであきらめた。

その夜、子供たちが寝ついてから妻に、どうやら自由研究はつづきそうもないと伝えると、妻は「そう」としずかにこたえた。「あの子にも自分の好みがあるから、わたしたちからどうこう言えないわね」

気になることがあって、と妻は言う。

「わたし、あの梵字碑がある民家に住んでいるおばあちゃんを知っているの」

「へえ」としか彼は言えなかった。

ショッピングモールでよく見かけるのだという。

「というか、行くたびにいるから、毎日来ているのかも」

妻は食材を買うために一階の食品店を中心に回るが、ある日、大型水槽があるロビーに老婦人がたたずんでいるのに気づいた。最初は誰かを待っているのかと思って通りすぎたが、帰りに通りかかったときも同じところにいたので気になった。人を待っているなら座り心地のよさそうなソファが目の前にあるのに、わざわざ立っているのだから、それなりの理由があるのだろう。穏やかな笑みを浮かべていて、せわしなく歩く人たちを見ている。人の流れのなかでその人の時間だけが止まっているようで、いやおうなしにその老婦人が目につく。

それからである。行くたびに老婦人の姿を探してしまう。人を待っているわけでないというのはそのうち明らかになった。ではなにをしているのか。立ちっぱなしは苦ではないのか。気にかかってしょうがない。

「あの人はひとり暮らしじゃないかしら。そうやって人がたくさんいるショッピングモールで毎日時間をつぶしているかと思うと、胸がふさぐようで、見ていられないわ」

「でも、ひとり暮らしかどうかわからないじゃないか」

「ほら、きのう、戦争中の話を聞かされたでしょ。北と南に分かれて、北に逃げた人たちだけ助かって、南に逃げた家族は全員亡くなったって。わたしその話を聞いて鳥肌が立ったの。この人はほんとにひとりなんだなって……」

彼はあの老婦人のどこか遠くを見ている目を思い出した。

「あの家にほかの人が住んでいる気配はなかったでしょ？」

「やけにしずかな感じだったな」

「ショッピングモールは米軍基地の跡に出来て、その基地はむかし戦場だったんでしょ」

「そうだね」

「村の人たちの大半が爆撃に遭ったところなのよ」

「そんなところでショッピングするかと思うと落ち着かないだろうな。でも七十年も前の話だから、そもそもそこが戦場だったと知らない人も多いだろう」

「そんなところに毎日行っているかと思うとやりきれない感じがする」

「そうなのかな。考えすぎのような気もするけど」

彼は妻が疲れているのだと思った。赤の他人である老婦人のことなど気にすることはないではないか。

ちがうのだ、というふうに妻は首を振った。

「わたしとあなたがいなくなったら、ガクトはどうするの？」

「というと？」

「わたしたちが先に死ぬのよ。そうしたら、誰がガクトの面倒をみる？　ガクトはひとりになるのよ」

　まさか娘に任せるわけにもいくまい。妻の言うとおり息子はひとりになるのだ。妻は老婦人に息子の未来の姿を見ているということか。先のことを考えると彼ですら暗い気持ちが波のようにひたひたと押し寄せてくるのをとどめられない。

「おもしろい自由研究になるとぼくは思っていたけど、ガクトにはやってほしくないってこと？」

「あのおばあちゃんがいる家には行ってほしくないし、ガクトが梵字碑にのめり込むのもこわいな」

「ふむ。そうかもしれない。梵字碑は歴史があって奥が深そうだからね」

　息子はなにか事に熱中すると、異常なほどのこだわりを見せるので、これまでもそれがトラブルを引き起こしたことは何度かあった。

　ある時期には家庭の電気と水道の使用量を毎月ノートにとっていた。それを少しでも抑えることに汲々として極端に走った。自身は三分でシャワーを浴びる決まりをつくり、娘を十分と定める。のんびりした娘がそれに従うわけはない。少しでも時間を過ぎると、平常心を失い怒鳴り出す。畳んでいる洗濯物を放り散らす。そこらにあるものを蹴る。女の子はお風呂が長いんだよ、という妻の説得でなんとか二十分に延ばすことができたが、娘はそれでも足りないと妻にこぼす。

そんな息子のことを考えると、梵字碑もほどほどにしておいたほうがいいのかもしれないと彼は思いなおす。妻が老婦人のことに執着するのも気にかかる。息子が梵字碑に興味を失ったのなら、それはそれでいい。

もう梵字碑は終わりにしよう、と彼は思った。しかし、梵字碑にけなげに手を合わせていた息子の姿が忘れられない。

5

どうもこの人は苦手だ、と彼は思う。

午前中に集落の区長がやって来た。彼は一度も自治会加入費を払ったことがなかったので、居留守を使おうかとインターホンに映った区長を見て一瞬思ったが、なにも後ろめたいことはしていないと思いなおし、玄関に向かった。

　インターホンが鳴ったとき、息子は将棋を指していた手をとめた。たまにしか来ない来訪者を警戒する必要はないと彼は何度も言っているが、気をゆるめることはなかった。

　区長は初老の男で、かつて役場の企画課に勤めていたそうだ。

　いやあ、退職すると毎日手持ち無沙汰でねえ、集落のためになにかできないかと思って区長に立候補したんだよ、ということを一度、彼と妻に語ったことがある。彼らがこのアパートに引っ越してきたころのことだ。集落についての概要や、公民館ではいろいろな催しがあるのだと詳しく説明してくれたが、最後に自治会加入費の支払いについて持ち出してきたので、彼は親切心にも裏があったのかと興ざめしてしまった。またあらためて支払いますと言ってそれ以来ずっと未納のままだった。大した金額ではないが、納めてしまうと大きな流れに巻き込まれるのではないかと、ほとんど強迫観念に近いものを彼は感じたのだった。

　彼はいくぶんか警戒してドアを開けた。

　区長は日焼けした顔に汗を光らせている。

「いやあ、暑いね」と笑いかけた。やけに白い歯並びが目につく。

区長の肩越しにアパートの駐車場が見え、その向こうには野原がある。日の光を浴びて木の葉の緑が燃えるように輝き、ぎらついた光が彼の目を射た。

朝からクーラーをつけて本を読んでいたので、彼は外の暑さに気づかなかった。息子は畳にペタリと尻をつけて将棋盤に集中していた。どうしても解けない詰め将棋があるとそれにこだわり、ほかのことが目に入らなくなる。

いつのまにか正午が近づいている。こうして外部からの訪問がなければ、彼と息子は時間が経つのにも無頓着なまま一日を過ごしたにちがいない。一日の区切りをつけてくれるのは、妻が買い物からもどってきて、昼食や夕食を用意してくれるときだけである。

たしかにこの部屋は居心地がいいのかもしれないと彼は息子の気持ちになって思う。クーラーが快適に効いていて、自分の好きなことを邪魔するものはなにもない。彼ですら、ソファに寝そべってお気に入りの本などを読んでいると、明日は仕事に行きたくないなと思ってしまう。息子の不登校はそれが高じたもので、誰もが持つ当たり前の心の動きではなかろうか。

区長の汗のにおいが彼の鼻についた。この年齢にそぐわない生々しいにおいに彼は気おされるようだった。

「公民館前のヒガさんの家でもらってきたんだ」と大きなグアバの実をふたつ差し出した。その果実のにおいがさらにきつくて、彼は吐き気をおぼえた。自分は思ったよりもやわなのかもしれない、という考えが思い浮かんできた。

区長はしきりと中を覗き込もうと彼の背後をうかがう。彼はムッとして、自分のからだで遮るようにして壁をつくる。

「ところでさあ」と区長は言った。「今度、集落の清掃作業があるんだ」

彼は区長がなにを切り出すつもりかと用心して無口になった。いくら慣れているとはいえ、ぞんざいな口のきき方も彼の気にさわるものがあった。

「あんたもわかると思うけど、梅雨の時期に雑草がだいぶ伸びるんだ。雨が降っている間は草刈りなんてできないから、毎年この時期になるねえ。みんな年寄りばかりだからさ、大変なんだよ。青年会やこども会も手伝ってくれるけど、八百人もこの集落に住んでいて、ほんのわずかの人しか作業してくれないからね。正直、やってられないよ」

自治会にも加入しない若者世代の代表として自分が責められているような気もするが、巧妙に名指しをしないので、こちらも強く出られない。彼はただ黙って聞いているしかなかった。

「おれより年配の人も参加してくれるんだけど、草刈り機の操作なんかあやういね。自分の足をサクッと刈ってしまうんじゃないかと、見ているこちらの心臓が痛くなってくるよ」

彼は思わず笑いを洩らした。すると区長は嵩にかかって言った。

「今度の日曜の朝九時から始めるんだけど、あんたたちも来ない？」

いや、ぼくらは、と彼はしどろもどろになった。ふと、自分はなぜそれほど交流を避けるのだろうという疑問が浮かんできた。

「いや、あんたたちだけじゃないよ。このアパートの世帯には全部声かけをするつもりだ。それが区長の仕事だからね。手始めにあんたのところからと思って」

「ぼくのところからですか？」

「そう、あんたはいつも家にいるからね」

「いや、そういうわけじゃ……」

「このアパートに住んでいる世帯はみんな若いね。若くてよそ者ばかりだ。だから集落のしきたりとか伝統とかわからないと思うけど、ここに住んでいる以上は尊重したほうがいいと思うよ。むかしは人気のあった青年会のエイサーだって、いまは人手不足なんだよ」

区長の話を聞いているとうんざりしてしまい、彼はそのまま勢いよくドアを閉めて部屋にもどる自らの姿を想像して自分を慰めるしかなかった。

「ガクト君は元気かね？」

唐突に息子の名前が出てきたので、彼はとまどった。しかし考えてみると、就学前の息子を連れてよく公民館の広場で遊んでいたことがあったから、そのときから区長とは挨拶や軽い会話を交わす間柄ではあったのだ。ここ数年は息子が出渋るので公民館に行く機会はなかったけれども。

あのとき息子はよく遊具で遊んでいたなあと彼は懐かしい思いにとらわれる。近所の子供たちといっしょになって走り回り、彼らと異なるところなどなかった。

「ええ、元気にやっています」と彼はこたえた。それから、もしかすると区長は息子の状況を知っているのではないかと思った。こんな狭い集落だから噂はすぐにひろまるかもしれない。そう思うと疑心暗鬼になって、区長の顔をまじまじと見てしまう。区長の表情からはなにも読み取れない。

「ガクト君も連れてきたらいいよ」という声に彼はつられてうなずいた。

帰ってきた妻にこの件を伝えると「いいんじゃない」と積極的なこたえが返ってきたが、

息子は頑なに首を横に振る。
「清掃なんてやっても無駄だよ」
「そんなことないさ。集落のためにもなるんだよ」
「だからって、おれたちがやる必要あるの？　自治会に加入もしていないのにやる義務なんてないよ」

一人前の口のきき方をするなあとあきれたが、それは以前に彼が、自治会に加入もしていないのに催しに参加する義務なんてないよ、と妻に言ったことを繰り返しているだけなのだと気づいた。区長には参加を承諾していたので、いまさら撤回はできない。しかたなく、日曜日は彼と妻と娘の三人で清掃作業に参加することにした。

娘は気の進まない様子であったが当日の朝になると誰よりも早く起き、蛍光色の派手なスポーツウェアに帽子をかぶった格好で彼と妻を起こした。

支度のできた三人を息子は玄関まで見送った。息子がひとりで留守番をするのは初めてのことである。いつも誰かが息子のそばにいた。ドアを閉めるときに息子の寂しそうな顔が目に入った。彼はこの顔が今後も浮かんでくるのだろうなと思った。

道中、息子の自立のためには留守番をさせるのもいいことだ、と妻と話した。

公民館の広場には三々五々、人が集まっていた。ほとんどが老人で、このメンバーで草刈りやごみ拾いをするのはたしかに骨の折れる作業だろう。

公民館の入口にいた区長が彼を認めると手を上げて大きく振った。

「青年会も参加する予定だったんだけどね、みんな朝が弱いからなあ」

蓋をあけてみると、アパートから参加しているのは彼と妻と娘の三人だけだった。釈然としないまま、彼は鎌を受け取った。

区長の掛け声のもと、ぞろぞろと道路に出てそれぞれ思い思いに道端の草を刈っていく。空き缶やたばこの吸い殻が落ちていれば拾って透明なビニール袋に入れる。

腰をかがめて草を刈っていくのは慣れない動きでありしんどかったが、リズムにのっていくと、意外に気持ちの晴れる作業であることがわかった。草を束でつかみ鎌を根元に当て手前に引くと抵抗なく切れる。要領をつかんだ彼は無心に鎌を動かしていく。

妻と娘は協力し合って、妻が刈った草を娘が回収し手持ちのビニール袋に次々と入れていく。妻の額に汗が浮かんでいる。懸命に作業に打ち込んでいるので、話しかけて邪魔はしたくなかった。

午前中で作業が終わり、一同公民館で休憩をとった。老人たちが次々と寄ってきて、助かったと口々に感謝の言葉を述べていくので、彼たち家族は恐縮してしまった。

「こんなだったら、毎回参加してもいいね」

娘は笑顔で言った。たしかに今までなぜ参加しなかったのかと自問したくなるほど爽快な気分だった。

「あんたも、やればできるじゃないか」

区長は励ましなのかよくわからない言葉をかけ、三人に麦茶が入っているカップを渡してくれた。彼らは広場のベンチに腰かけ麦茶を飲む。冷たい液体が喉を通り、全身にひろがっていき、手足の指先まで染みわたっていく。

妻がつくってきたおにぎりの包みをひらいた。娘が手を伸ばしてかぶりつく。

「ガクトも参加すればいいのに。心もきっとスッキリするよ」

彼は娘の言葉にうなずいた。

「そうだね。これをつづけていれば、いつか参加するかもしれないね」

老人たちは芝生の上に腰をおろして、麦茶を飲んだり黒砂糖をつまんだりしている。

「あのブランコ」と妻が広場にある一台の遊具を指さす。

「ガクトが幼稚園のころを思い出すわ。ブランコが好きでね、ずっと乗っているの。一台しかないから隣でほかの子が待っているんだけど、なかなか終わらなくて。あと一分ねと数えても平気な顔で乗りつづけてね。あと五回でほんとに終わりよと言ったんだけど、ぜったいにゆずらないの。もうどうしようかと思った」

その光景が浮かんでくる。いかにも息子らしいが、他人からすると迷惑な話である。

「あいつ、やっぱり変だよ」

娘はおにぎりを頬張りながら言う。

「それはわかっているさ」と彼はうなずく。妻が彼に言葉に気をつけろという視線を送る。しかし、この機会しかないと思った。いつも妻のそばには息子がいるのだから、娘にじっくり話すことなどできなかった。

「きみには、いつも迷惑をかけていると思っているよ」と彼は娘に言った。娘は肩をすくめた。そのしぐさが大人らしくて彼はまぶしかった。

「我慢ができないときもあるだろう」

うん、と娘はうなずいた。

「ごめんね」と妻が言う。「わたしも怒鳴ってばかりで」

「オカアは怒鳴ったほうがいいんだよ。そのほうがストレス発散になるから。溜めておくのがまずいんだよ」

娘の気遣いに妻は微笑した。「それはガクトのためにはならないんだけどね。逆にきれてしまうから。わかっていていても、つい怒鳴ってしまう」

彼はふたりの会話を聞いているしかなかった。ふだん息子になにもしない自分を意識しているだけに、簡単に妻に慰めの言葉をかけることができない。

妻は娘の目を見て言う。

「ガクトも大人になったら分別がつくかもしれない。それまではガクトの状態を理解して助けてあげてね」

「でも、わたしは早くうちを出たいな。中学生になったら寮で暮らしたいよ。オトウもオカアも、いつも自立、自立って言うじゃない」

妻は苦笑した。

「そうは言っているけど、そんなに早く自立しなくてもいいのよ」

あーあ、と娘は明るく大きな溜息をついた。「しばらくはガクトとうまくやっていかないといけないのか。もう少し我慢しようっと」

娘の明るさだけが救いだった。こうして息子から離れていても、話題は息子のことばかりである。

「やっぱり、ガクトがいないと、それはそれで寂しいな」という彼のつぶやきに、ふたりともうなずいた。

おおうい、と区長が彼らを呼んでいる。彼は立ち上がって近寄った。区長が手に持っているものは、ザリガニだった。

「めずらしいよ。排水溝の中にいたんだ。近くに池もないのにこんなところまでどうやって来たんだろう」

ザリガニは泥にまみれて灰色になっていた。威嚇するようにハサミを振り回している。こんなところまで来ていたのか。息子が隣の空き地に放り投げたザリガニにちがいない。ザリガニの区別などつかなかったが、彼はそう確信した。それから、よろこびがじわじわと湧き出してきた。

行方不明になったザリガニは息子たちの探索にもかかわらず見つからなかった。あれから一週間経つのだから、草むらで干からびて死んでいるか、鳥などに食べられているだろうと思っていた。それがどこをどう歩いてきたのか、こうして排水溝の中に生存の場を確保しているのだ。彼は区長に頼んでザリガニをもらい受けた。

6

夏休みが終わって娘は学校に通い出した。息子も登校すると言い出すのではないかと少しは期待する気持ちもあったが、彼も妻も息子をうながすことだけはやめようと、あらかじめ話し合っていた。夏休みの間に特別支援学級の話も進めていたが、息子にまったく通う気がなかったので取りやめになった。

始業式当日、朝から息子は平然として将棋をやりはじめたので、まあ、あまり期待してもなあと彼と妻は無言のまま苦笑した。

息子の机の上にノートがあるのを彼は見つけた。標題もついていないノートをめくると、驚いたことに梵字碑の研究が書かれているのだ。息子はバルコニーに出て、ザリガニに餌をあげている。このところ、ザリガニの世話は息子の仕事になっていた。隣の空き地に放り捨てたザリガニが見つかって以来、息子はこの生き物を自分の弟でも出来たようにかわいがっている。窓越しに、地面に座り込んで水槽を覗いている息子を横目に見ながら、彼はノートを読みはじめた。

梵字とは、約二三〇〇年前にインドで使われていた文字のことをいいます。西暦六〇〇年頃には中国から日本にも伝わってきて、寺院でも使われるようになったそうです。宗派によっては、仏を表す神聖な文字と考えていて、魔よけの力やご利益のあるありがたい文字としています。

いつのまに書いたのだろう、と彼はページをめくっていく。息子の字は稚拙ではあるが丁寧に書かれているので読みやすい。鉛筆の芯を強く押しつけて書くから裏面にまで字がくぼんで写っている。

梵字が沖縄に伝わったのが一六〇三年のことです。浄土宗派の上人が海をわたって布教に訪れたそうです。

空白があって、その隣に説明書きがある。

この文字は「アビラウンケン」とよみ「地、水、火、風、空」を意味するそうです。密教では、宇宙の中心の仏とされる大日如来を表しています。

おそらくこの空白に写真が入るのだろう。デジタルカメラで撮った写真は印刷もせずにそのままデータとして保存してある。息子がなにも言わないから、もう梵字碑の研究には興味をなくしたものだとばかり思っていた彼は嬉々としてページをめくっていった。

小学生にしてはよく出来ている、と思った。資料を用意したのは彼だが、うまく使いこなして要領よくまとめている。

最後にまとめとして感想が記されている。

四百年前の梵字碑がいまだに残っているのは、ゆう久だと思いました。ぼくたちがこの世からいなくなったあとも残るのだろうと考えると、なんだか不思議な気持ちになります。

数日後、画像データを紙にカラーで印刷して息子の机の上に置いておくといつのまにか消えていた。夜、息子が寝てからノートをそっと開いてみると所定の位置に写真が貼られている。

彼と妻は迷ったすえにノートを自由研究として学校に提出することにした。せっかくこれだけやっているんだから出さないのはもったいない、というのが彼の意見だった。

「自分から進んでやったんだ。これはガクトの学校とかかわりたいという気持ちのあらわれじゃないかな」

「そうね。でも慎重にやったほうがいいかもしれないわ。勝手に出したら怒ると思うの」

そう言いながらも妻も息子が自発的に取り組んだことに満足げで、ノートを何度も読み返している。

数日後に担任教員から連絡があった。

「ガクト君の自由研究はとてもいいですね、発表してはどうでしょうか」

彼は、どこで発表するのでしょうかと訊ねたが、われながら心もとない声だと思った。

「実は、区長さんにも見せたんですよ、ガクト君の自由研究を。そしたら、ぜひうちの公民館でという話になりましてね」

それから声をいくぶんか落として言う。

「ガクト君のためにもなるんじゃないですかね」

まさか発表まで話が進むとは想定していなかったので彼はとまどった。

さらに予想外のことに、息子はこの話を聞くと、おれ発表してみようかなと口にした。

娘が忠告するように首を横に振る。

「発表はたいへんだよ。みんなの前で緊張して頭が真っ白になるんだから」

さらにつづけようとする娘を彼は制した。

「自由研究を読み上げるだけなら頭が真っ白になっても問題ない。集落の人たちは梵字碑の話を聞きたがっていると思うよ。やってみるか、ガクト？」

息子は彼でなく妻を見てうなずく。

息子の自由研究発表は、翌週の土曜日に決まった。そのことを息子に告げると、息子は得意げにうなずいた。

「そうか、おれもついにデビューか」

「いや、ただの自由研究の発表だから」と娘が突っ込みをいれる。

息子のこの転換はなんだろうか。彼には唐突の変貌が理解できなかったが、良い方向にいきそうな気がする。梵字碑に手を合わせていた息子の姿がまた思い浮かんできた。

その夜、妻が息子のむかしの日記を取り出して彼に見せた。小学二年生の、いまよりも稚拙な字だったが、やはり文章には味があると思う。

ぼくがさい近集めている物はお守りです。みなさんは、お守りを集めていると聞くと、不思議に思うかもしれませんが、ぼくはきょうみがあります。お守りは、いろいろなしゅるいがあり、いろいろなやくわりがあります。そのなかでぼくはパワーストーンに注目しました。そのパワーストーンは、ストレスかいしょうや、まよけ、全体うんなどいろいろな石があります。ぼくがもっておこうと思った石は、にんたいりょくをつけるアラゴナイトと、もくひょうたっせいの、めのうです。ちきゅうが作ったこういった石が、みがくと、こんなにきれいになるとはぼくも思っていませんでした。

「この文章を読むと泣きたくなってくるのよね」と妻は言った。「ガクトなりに自分を変えたいっていう思いがあるんだなって」

「そうだね。発表するのもガクトなりの挑戦だよ。成功するように後押ししていこう」

しかし、日が近づくにつれ、息子のいらだちが募っていく。些細なことで怒鳴る。亀の甲羅をふたつ重ねたような防音イヤーマフをして、彼が話しかけても聞こえないふりをする。彼が防音イヤーマフに手をかけて、発表の準備はどうするんだい？と訊くと、そんなこと知らん！と突っぱねる。

彼と妻は心配になってきた。土壇場になってキャンセルすることになるのではないかと最悪の事態も想定せざるをえなかった。

「そのときには、区長さんにきちんと説明するから」と妻は言う。

結局、息子は発表の準備や練習をすることはなかった。本番では読み上げるだけでも充分にいけると思っているのか、自由研究にはまったく触れない。

当日、彼らは二十分前に公民館に向かった。息子のワイシャツ姿がまぶしい。ノートを手にして姿勢よく歩く。顔は心もち青ざめているように見えるが、日に当たらないからたんに青白いだけだろうと彼は思うようにした。

公民館の敷地に入ると事務室にいた区長がさっそく外に出てきた。

「おお、久しぶりだね」と息子の頭をなでる。「色が白いねえ。男の子はもっと外で遊ばないと」

「はい」と息子は調子のはずれた甲高い声でこたえる。息子はかなり緊張しているのだと、彼はいやでも認めざるをえなかった。

会場にはすでに十名ほどの人がパイプ椅子に座っていた。みんなお年寄りだった。

いったん事務室に入る。

「梵字碑はわが村の宝なんだよ。そのわりにはあまり知られていない。ガクト君、そういう研究をするなんて目の付け所がちがうねえ」

息子は律儀に頭を下げた。

「集落のお年寄りたちもすごく興味があるからさ、いろいろ質問も出てくると思うけどよろしくね」

いまや、息子の顔色は白い紙のようになっている。

「帰ったらザリガニに餌をあげないとなあ」

彼は息子の緊張を解きほぐすつもりでザリガニの話を持ち出した。ザリガニに考えが向けば、発表の重圧から逃れられるかもしれない。しかし、息子の耳にはまったく届かず、息子はノートの表紙に目を落としたまま固くなっている。

事務室のドアのガラスに老婦人の顔が浮かんでいるので彼は息を呑んだ。あの梵字碑の老婦人だ。発表を聞きにきたのだという。老婦人は息子に話しかけた。

「きょうはがんばってね。お話楽しみにしているから」

それから、梵字碑に毎朝手を合わせているという話になり、戦争中に亡くなった家族の話を繰り返しかけたので、彼は話を切り上げさせたいとやきもきした。

いよいよ始まる寸前に息子はトイレに行った。いつまで経ってももどってこないので彼と妻が様子を見にいく。

トイレ前の廊下に息子は立っている。

「どうした、トイレは終わったのかい？　大きい方かと思ったよ」

つまらない冗談も息子の耳には入らなかった。息子のからだが震えているのを見て妻は駆け寄り抱きしめた。彼はおろおろと見ているだけだった。

「発表は無理よ。中止させて」

妻は振り向いて彼に言う。目が鋭かった。こんな妻の目は初めて見たと彼は思う。

彼は事務室に行き、区長に発表はできそうもないと伝えた。

「え、どうして？」

「息子の体調が悪いんです」

「急に言われても困るなあ。前もってわからなかったの。体調不良は親の監督責任でもあるよ」

「申し訳ないです」。彼は頭を下げつづけた。

妻が入ってきた。区長に頭を下げ、息子の事情を逐一説明した。

「そうか、それだったらしかたないかあ」

集まっている人たちに区長から中止の旨を伝えた。失望や不満の混じったつぶやきを残しながら集落の人たちは公民館を後にした。

息子を公民館の外に待たせて彼は区長に向き合った。

「また次の機会にお願いします」と彼は頭を下げた。

区長は大きく溜息をついて、「障害を持っているんなら、しかたないかあ。おれにはふつうの子にしか見えなかったけどなあ」と言った。そのどこか悠然として余裕のある響きに、なにかが音を立てて彼の中で切れた。抑えようもないものがあふれ出してくる。

「息子のどこが悪いんですか！」と彼は区長に詰め寄った。

「みんなの前で発表できなくたって、息子は息子です！　ちゃんと梵字碑のことを調べたんだから！」

妻と娘が驚いて彼を止めにはいった。彼は怒りの持って行き場がなくて、勢いのついたままノートを開き、真ん中から引き裂いた。

7

区長がアパートの彼の部屋にやって来た。

「金城さんから連絡をもらったんだよ」

金城さんとは誰のことなのかわからない。つい一週間前に、息子の自由研究の発表のことで怒りを抑えられず区長に詰め寄っただけに、彼はまともに相手の顔を見ることができず、恐縮しながら訊ねた。

ほら、あそこの、と区長が場所を教えてくれたのは、あの梵字碑がある民家だった。

区長はそれから、なんでもないというような顔をつくって、次のように言った。

「金城さんがね、ガクト君がきのうの夕方、庭に入ってきたって言うんだよ。で、なにか梵字碑にしている様子だったから声をかけたんだけど、すぐに逃げ出したんだって」

　軽い衝撃にめまいがする。思い当たることがあった。きのうの夕方、息子が外出したのだ。めったにないことだったので、どこに行くの？と妻が訊いていた。それに対して息子は無言で、帰ってきてからも妻と彼を無視した。

「いま学校に行っているんですよ」

　とっさに嘘をついた。息子は奥の部屋で息をひそめているはずだ。もしかするとインターホンのモニターをつけて、玄関外にいる彼らの様子をうかがっているかもしれない。

　順番が違った、と彼はすぐに気がついた。謝るのがまず先だ。いや、いいんだよ、と区長は手を振った。

「もちろん警察を呼ぶまでもない。金城さんも怒っているわけじゃないんだ。ただ、なんで無断侵入したのか知りたいだけ。だからおれがここに来たってわけさ」

　ひたすら頭を下げるしかなかった。

「すみません、後で息子から事情を聴いて、金城さんには謝りにいきたいと思います」

「まあ、人も少ない集落だからね。みんながお互い助け合っている。あんたらも、ちゃんと交流したらいいよ」

区長は満足げにうなずいて帰っていった。部屋で息子は将棋の本を読んでいる。

買い物から帰ってきた妻にこの件を話すと、妻の顔は青ざめた。発表が失敗に終わったことが関係しているのだろうかという。あれから息子は自由研究についてなにも触れないが、落ち込んでいるのはたしかだ。

彼は息子を呼んだ。ふてくされた顔をしていることから、だいたい事情を察しているのだろう。

「ガクト、なにをしたかわかっているよね」

息子は無言のままだ。

「人の家に無断で入ってはいけないんだよ。梵字碑は大切な文化財だからね。なにをしようとしたんだい？」

息子は彼から目をそむけてしまい、部屋のあらぬ方を見ている。妻が後を引き取った。

「ガクト、やってはいけないことを、やったのよ」

「それがどうしたの」

「謝るべきでしょ」

「うるせえ！」

息子の叫び声が部屋に響いた。つづけざまに悪態の言葉が出てくる。また同じことの繰り返しだ。こうなるとなにが根本にあるのかも見極められないまま、諍いだけがその場を支配し家族全員それに振り回されて終わってしまう。

彼は寝室に行くよう命じる。息子は椅子を蹴っ飛ばして部屋を出ていった。息子を追いかけようとした妻を引き止めると、興奮のさめやらない妻は彼に食ってかかる。

「だいたい、あなたがちゃんと叱らないから悪いのよ」

「ガクトの場合、叱ってどうなるようなものじゃないだろう」

「わたしが叱らなきゃいけないいから、あの子はわたしを恨むのよ。あなたは逃げているんじゃない」

「それは、ないよ」と彼は憮然としてつぶやいた。

「そうよ。いつもわたしに任せてばかりで。わたしだって仕事をしたいんだから。あの子の世話ばかりで、なにもできないじゃない」

「それは言いすぎだ」

息子に気をつかってひそめた声で話しているつもりだったが、抑えてもふたりの声は次第に大きくなる。

「自由研究だってそうよ」

最初はなにを言われているのかわからなかった。

「自分の都合だけで、わたしたちを梵字碑に連れていって。あんなもの子供たちが見てよろこぶとでも思ったの？」

「いや、あれは……」

彼はしどろもどろになる。自分の都合と言われたら返す言葉がなかった。

「ただでさえ難しいのに、こんなことに子供たちを巻き込まないでちょうだい」

妻は金切り声に近い調子で話しつづけた。これ以上いくと爆発することは目に見えている。彼自身もいらだちが募ってきた。急に妻を厭わしく思い目を逸らした。ぼくだって子供たちのことをずっと考えているんだ、と言いたかったが、言葉がすんなり出てこない。

息子がいきなり寝室から出てきた。彼らの会話を聞いていたらしい。

「どうせ、おれなんか、いなくなればいいんだろう。おれが、邪魔なんだろう」

そう言い捨て浴室へ駆け込んだ。

翌日、妻とふたりで梵字碑のある金城さんの家へ向かった。金城さんは縁側に彼らを誘い、お茶とお菓子を出した。

「いえ、別に責めているわけではないんです」と金城さんは申し訳なさそうに言った。「お宅のお坊ちゃんが庭にいるからびっくりして。どうしたのって訊くとすぐに逃げ出しちゃったから」

彼と妻は何度も頭を下げた。金城さんは例の遠くを見る目つきで言う。

「日の暮れでよく見えなかったけど、お坊ちゃんは、碑の前にひざまずいて手を合わせていたんじゃないかと思うの」

彼と妻は驚いてお互いの顔を見合った。

「たぶん、そうだったと思うの」と金城さんはつづけた。「向こうから夕陽が射していて、髪の毛や肩先が金色に光っていてね」

金城さんはその光景を思い返しているのかほほえんだ。

「お坊ちゃんのこと、叱らないでくださいね。悪いことは全然してませんから」

帰り間際にふたりは梵字碑を見せてくださいとお願いし庭に出た。妻は黙って梵字碑を見ていた。

飴色の細粒砂岩の碑は、長年の風雨にさらされてもまったく古びていない。まるでつい最近そこに建ったばかりのように艶やかに見える。息子が自由研究の感想で書いていたように、おそらくこの先もずっと変わらずにあるのだ。

梵字碑に向かってなにを祈ったにせよ、祈らざるをえないほど息子は切実なものを持っているのだ。

おれなんかいなくなればいいんだろう、と息子は言い捨てた。いや、そうじゃないんだ。おまえがいなくなればいいと思ったことはただの一度もないんだ、と言うべきだったのだ。そう考えると彼は脚から力がぬけてその場にうずくまりそうになった。


アパートの隣の空き地には、さまざまな植物が生え、伸び放題になっている。朝の光を浴びて葉が銀色に光っている。ときおり老夫婦が草を刈ったりしているが、数日すると姿を見せなくなる。人の来ない土地はアワユキセンダングサがすぐに茂って地面が見えなくなる。いまだに空き地なのか畑なのか彼には区別がつかない。

窓を閉めてクーラーをつけているので外の音はまったく聞こえなかった。ガラス一枚を間にはさむだけで外の風景はいつもとちがい鮮明な輪郭を際立たせている。葉の一枚一枚が輝いて見え、空の青さが目に染みる。もしかすると、防音イヤーマフで音を遮断している息子の目には、外界はこのように映っているのかもしれないと彼は思い当たった。

その空き地からツルムラサキが蔓を伸ばして金網を覆い、それが彼のアパートの庭のフェンスにもかかるようになった。毎日見ていると植物は少しずつ蔓を伸ばしていくのがわかる。自分からフェンスに蔓をかけるわけではない。風に吹かれてフェンスにかかるのを辛抱強く待っているのだ。しかし、いったんかかれば、そこからどんどん葉や茎が伸びて自らの生息の範囲をひろげていく。なんと息の長い営みだろうと感心しながらも、幾十もの蔓が風に揺れている様は、生き物の不気味な触手にも見えてくる。

息子にも注意をうながそうと思うが、防音イヤーマフを付け、将棋盤に集中して彼の声など届かない。一昨日の夜からはまったく口をきいてくれないし、目も合わせない。

こういうときには、しばらく放っておくとまた息子から口をきき出すということがわかっているので、彼からはなにもしないのだが、息子のおさまらない怒りが、こわばった背中から感じ取れる。

妻はきょうから、職を探しにハローワークに通っている。週何日かのパートタイムの仕事であれば、働きながら息子の面倒もみられるだろうという。

息子が防音イヤーマフをはずした。伝えたいことがあるのだろうと、彼はソファから起き上がって待ち構える。

「オトウ、一局やらないか?」

しばらく相手がいなかったので、息子は将棋をしたくてうずうずしている。あっけない和解の申し出だった。

「よし、やろうか」と彼は何気ないふうをよそおって身を乗り出した。

「オトウは六枚落ちな」

「六枚落ち? なめられたものだな……せめて四枚落ちはどうだい」

それで納得したらしく、息子は駒を並べはじめた。対局が始まる。息子は思案するたびに深い沈黙におちいる。

しばらく無言で互いの駒を進めているうちに、彼の劣勢がはっきりとしてきた。

「やっぱり勝てそうもないな」と彼はさっぱりとした気持ちで、まだ負けてもいないのに白旗をあげた。

「まあね」と息子は当たり前のように受ける。盤面に集中して、駒の手筋を読んでいる。息子にとってもはや相手は眼中になく、自分が打った手が最適であったかどうかを検証しているのである。

目の隅を影がかすめた。顔を上げるとバルコニーにイソヒヨドリが降りて歩き回ってい
る。求める餌がないとわかるとすぐに飛び立った。鳥の姿を追う彼の目に晴れ渡った青い
空がひろがった。

濃い緑の山は遠いのだが近く見える。やはり、なだらかな稜線のあの山にすぐにでも行
けそうな気がしてくる。

雲が稜線の上にかかっている。巨大化したザリガニのようにも見える。まだ暑さはつづ
いているが夏もそろそろ終わりなのだ。彼はそんなことをぼんやり考えていた。

将棋の駒を指している息子の手がとまった。彼の顔を正面から見る。

「オトウ」としばらく間をおいてから言う。

「ん？」

「そろそろザリガニを逃がそうかなあ」

「なんだ、お気に入りのザリガニじゃないか。逃がしていいのかい？」

「ザリガニの寿命は水槽で飼うと約三年なんだよ」

「まだひと月しか飼ってないからだいじょうぶだと思うけど」

「まったくオトウは」と息子はわざとらしく溜息をついた。「池の中で三年暮らしていた

かもしれないだろ。とにかく、逃がしてあげたいんだ。こんな小さな水槽にずっといるのもかわいそうだよ」

息子が他のものに思いやりを示すのは初めてかもしれない。まぶしいものを前にしたように彼は息子を見やった。

それで彼と息子はすぐに外に出た。水槽は小さいものだが水も入っているので意外に重量がある。息子は両手で抱えて歩く。彼が持とうと言っても首を横に振る。

照りつける日射しに彼も息子も全身に汗をかき、黙って歩きつづけた。

森が見え梵字碑の台座も見えてきた。息子は肩で息をしている。外に出ることはめったにないから、もう疲れているのだろう。

ふたりは梵字碑の前で立ち止まった。

「オトウ、自由研究を破くことはなかったんだよ」

息を整えながら息子は言う。諭されているようで彼は苦笑した。

「あれはやりすぎたと思うよ。悪かった」

「梵字碑のことは頭に入っていて、またいつでも書けるからいいんだ」

「頼もしいなあ。さすがガクト」

「オトウたちをガクッとさせてばかりじゃないんだよ」

彼はうなずいた。

しばらく訪れないうちに池の周辺の木が葉を茂らせていて、陰が濃く、緑のにおいが強く香った。

息子は素手でザリガニをつかんで水槽から出した。持ち方もさまになっていた。いちずで真剣なまなざしをザリガニにそそぐ。息子の目にはこの生き物しか映っていなかった。

息子は緑がかった池にそっとザリガニを放した。波紋が起きたがすぐにおさまった。息子はしずかな目で水面を見ている。ついこの前までふっくらと丸みをおびていたはずの頬がいつのまにかすっきりとして、鋭い線を描きつつあるのに彼は気づいた。

彼は息子の横顔から目を離せなかった。

やまなし文学賞の概要

本文学賞は、山梨県と深いゆかりを持つ樋口一葉の生誕百二十年を記念して、平成四年四月に制定されたもので、山梨県の文学振興をはかり、日本の文化発展の一助となることを目的として、小説部門と研究・評論部門の二部門を設けている。主催は、やまなし文学賞実行委員会。山梨県・山梨県教育委員会・山梨日日新聞社・山梨放送が後援。山梨県立文学館に事務局が置かれている。

第二十八回のやまなし文学賞実行委員会は、三枝昻之山梨県立文学館館長を実行委員長とし、委員を金田一秀穂氏（山梨県立図書館長）、野口英一氏（山梨日日新聞社社長・山梨放送社長）、西川新氏（山梨日日新聞社常務取締役）、市川満氏（山梨県教育委員会教育長）、渡邊和彦氏（山梨県総合政策部長）が、監事を三井雅博氏（山梨日日新聞社編集局長）、村松久氏（山梨県教育委員会学術文化財課課長）がつとめている。

第二十八回の小説部門では全国四十一都道府県から、三〇九編（うち男性二二七編、女性八〇編、県内在住者は二七編）の応募があった。

選考委員の坂上弘、佐伯一麦、長野まゆみの三氏による選考の結果、やまなし文学賞に崎浜慎氏（沖縄県）「梵字碑にザリガニ」が、佳作に松本昂幸氏（東京都）「鷹を飼う」と和泉真矢子氏（兵庫県）「スーパームーン」が選ばれた。「梵字碑にザリガニ」は三月十五日から四月十一日まで二七回にわたって山梨日日新聞、また同紙電子版に掲載された。

やまなし文学賞実行委員会事務局
〒四〇〇―〇〇六五
甲府市貢川一丁目五―三五
山梨県立文学館内
電話（〇五五）二三五―八〇八〇

選評

坂上　弘

　今年のやまなし文学賞受賞作「梵字碑にザリガニ」は、力のこもった作だ。ここに出てくるガクト君という小学生の息子は、不思議な少年である。将棋教室の先生のもとでどんどん上達、父親が自らの職場である大学の図書館から借りてくる外国の小説や司馬遼太郎の大著を難なく読破する。好きなテレビの番組とひとりで対話している、といったこの息子の姿にほほえみながらも心配している両親。学校では模範的な生徒ですと評価されてもいる。父母はこうした息子の、医師から自閉症と言われる症状に必死に対峙している。この小説のよさは父親も母親もしっかりしているところだ。息子を見つめる悲願のかたちがみえていて、引受けていることだ。そういう〈衝動〉を、作者は沖縄の自然に託して描いている。

　インドから沖縄へと渡ってきた梵字碑めぐりや、少年がザリガニに夢中になる絵がうつくしい。梵字碑の研究にガクト少年がのめりこむのを心配する近隣の老女の心は、少年の母親とも共通するものだろう。なにか、次世代のはじまりのような緊迫感がある。

　佳作「鷹を飼う」は、海外での単身赴任で結婚生活の半分を過ごし、定年退職して後離婚、山間で新たな孤独な人生の一歩を踏み出すという主人公の〝創り方〟が強引だが、その孤島に等しい家に棲みつく鷹との交流が始まる。いかなる人間の行為にも時間にも虚無はなく、意味がある、という夢を語る。

　もう一つの佳作「スーパームーン」は、老人ホームが舞台で孤独死に向き合うテーマだが、暗くはない。窓の外、天空の大きな月がその澄んだ光で包みかけてくれるのを、主人公はわが身を包まれるように見るのである。

感想

佐伯一麦

受賞作「梵字碑にザリガニ」は、防音イヤーマフで音を遮断して将棋を指すような息子を一員とした若い家族の姿を、父親である「彼」の視点から描いて、独特なリアリティを感じさせる作品である。題名に取られた梵字碑を探す中でザリガニを釣るあたりから、俄然惹き込まれ、若い世代によって捉えられた沖縄の風土、暮らしぶりがよく伝わってきた。ツルムラサキが、〈自分からフェンスに蔓をかけるわけではな〉く、〈風に吹かれてフェンスにかかるのを辛抱強く待っている〉様を息子に重ねる「彼」の述懐には切実な実感があり、最後にザリガニを水槽から逃がせてあげる〝ゆう久の息子〟の成長をこちらも見守りたい思いとなった。

佳作の「鷹を飼う」の、〈黄褐色の目を瞬きもせずに、私を射抜くように見据え〉〈艶やかな嘴は鍵状に曲がり、先端は鋼の刃のように鋭く尖っている〉猛禽である鷹を描いた文章力は候補作中随一と感じられた。妻との離婚を反省し、違法であることを承知で鷹と共棲しようとする主人公の心情がフェアネスで、淡い希望で終わるラストも読後感がよかった。同じく佳作の「スーパームーン」は、ややリアリティに難があったものの、独特の説得のさせ方を持った魅力ある作品だった。郵便ポストから〈アカンベエするように垂れ下がってい〉るチラシなど、細部が活きていた。すべてを割り切らずに、解釈に余りを残すことも作の、ひいては人生の余韻にもつながるのではないだろうか。以上三作の差は僅かだった。

選評

長野まゆみ

受賞作は「梵字碑にザリガニ」ときまった。梵字碑とはサンスクリット語を起源とする文字が刻まれた石碑で、十七世紀ごろのものとされる。沖縄の各地に残る。野の石と化しているものもある。小学校に通わなくなった息子がこの石碑に興味を持ったことから、一緒に探してみようと誘う父親。その途中で見つけた泥池にザリガニがいた。主題は息子の心の成長と、悩みつつ誠実にサポートする若い父の姿だが、もはやどんな土地で生まれ育っても、新興住宅地で暮らす子育て世代にとって自然は遠いものであり、近隣の年長者たちとも断絶している、そんな現実が静かに示される佳品と思った。

佳作の「鷹を飼う」は定年を迎えた主人公が、会社員時代のまま一家の長として退職後の〈山暮らし〉を提案するも妻は従わず、離婚する。もとより息子たちとは連絡すらない様子。鷹という先住者がいる家でのひとり暮らしが始まる。望まずに単身となった男と、もともと単独で生きることが自然である鷹との奇妙な暮らしぶりを巧みな筆致で描く。

もうひとつの佳作は「スーパームーン」。やむなく〈人が死んだ〉部屋で暮すことになった若い主人公は心身ともに細い月のように頼りないが、高齢者施設の夜間勤務を通じ、そこで知りあった老婦人との交流を重ねるうち、いつしか励ます側となってゆく。老婦人とスーパームーンを眺める場面への着地が印象に残った。

受賞の言葉

崎浜　慎
沖縄県。

大江健三郎が、「世界規模の暴力」と「個人にやどる暴力」をつなげて考えたい、と書いている。それは、創作する上での私のだいそれた目標でもある。「暴力」に限定する必要はないが、個人とそれを取り巻く社会を切り離してものを書くことはできないのではないか、と思っている。そんなことを考えるのは、米軍基地を抱える沖縄が、政治社会の潮流をもろに受けているのだとさまざま感じずにはいられない場であるからだろう。戦後七十五年になるいまも、沖縄県民は米軍による暴力に絶え間なくさらされ、生活を脅かされている。そんな沖縄という「狭い」地域を描きつつ、それが広い世界へとつながっていくような作品をいつか書きたいと思う。

と、理想を述べながらも、今回の作品は、ある家族のあくまでも私的な事柄をテーマにしたものである。沖縄が置かれている状況を直に描くことはできなかったが、そこにふだん生活する人間の姿が少しでも伝われば、という願いも込めている。

受賞は喜ばしいことであり、励みになり、今後も書き続けていきたいという気持ちを新たにした。選考委員、事務局など関係者のみなさまには心より感謝申し上げたい。

梵字碑にザリガニ

二〇二〇年六月三十日　第一刷発行

著　者　崎浜　慎

発行者　やまなし文学賞
　　　　実行委員会

発行所　山梨日日新聞社
〒四〇〇－八五一五
山梨県甲府市北口二丁目六ノ一〇
電話（〇五五）二三一－三一〇五

ISBN 978-4-89710-640-3

定価はカバーに表示してあります。

なお、本書の無断複製、無断使用、電子化は著作権法上の例外を除き禁じられています。第三者による電子化等も著作権法違反です。